大
方
sight

沙与沫

［黎巴嫩］纪伯伦　著

蔡伟良　译

中信出版集团｜北京

诗不是文字可以表达的意见，

而是由流血的伤口，

或由微笑的嘴唇涌出，

并不断升华的一首歌曲。

——纪伯伦

Kahlil Gibran

本书译自

贝鲁特世代出版社
1981 年版《纪伯伦英语作品阿语全译本》

目　录

Contents

这本小小的集子就如同它的书名《沙与沫》，仅仅是一捧沙，一勺沫。

尽管为那细小的沙粒我已耗尽了心血，尽管为那轻微的泡沫我已倾注了精神的汁液，然而，与大海的距离相比，它依然更接近大海的堤岸，与那不能名状的相会相比，它依然更接近有限的向往。

每一个男人和每一个女人的双翼都有着些许的沙与沫。但是，我们中有一些人愿意展现自己所拥有的，而另一些人却羞于展现。而我则是不会赧颜的。这就请诸位予以谅解了。

纪伯伦·哈利勒·纪伯伦
1926 年 12 月于纽约

少
ヲ
ト

Sand and Foam

沙
壬
河

1   在这堤岸上我永远行走，

在细沙与泡沫之间。

海潮将抹去我的脚印，

海风将吹走泡沫。

但是，大海和堤岸却永远存在。

我的双手曾抓满烟雾，

打开手掌时，烟雾突然变成一条小虫，

我又把手握住，然后再放开，手掌上却是一只小鸟。

我再把手握住，又伸开，手掌上却站着一位愁容满面、凝视苍穹的男人。

我又握紧手，等我再放开时，掌上除了烟雾外，别无他物。

但是，我听到了一首绝顶美妙的歌曲。

昨天，我以为我是一枚碎片，在生命的苍穹里无规则地沉浮和颤抖。

今天，我已彻悟，我就是苍穹。生命的全部，通过无数的有规则的碎片在我里面运动。

4　　他们清醒时对我说：

　　"你与你居住的世界，就好比无垠堤岸上的一粒沙子与那无尽的大海。"

　　我在梦中对他们说：

　　"我就是那无尽的大海，大千世界只是我堤岸上的无数沙粒。"

5　　我只在有人问我"你是谁？"的时候，才会感到窘迫。

6　　上帝在思维，上帝首先想到的是天使。

　　上帝在言语，上帝说的第一个字眼就是人。

我们是彷徨的被造物，在大海和风把语言赐予我们之前的千万年，便在森林里寻觅着失去的自我。

他怎么能用昨天刚学会的微不足道的声音去表述那远古的岁月呢？

狮身人面像一生中仅说过一次话，你听着，它曾说："一粒沙子就是一片沙漠，一片沙漠就是一粒沙子。"它说完这句话后，又陷入了沉默，再也没开过口。

我听见了狮身人面像说的话，但是，我并不懂它的含意。

我看到了一个女人的脸，也就看到了她还未生养的儿女。

一个女人看到了我的脸，她也认出了早在她出生之前就已作古的我的祖辈。

但愿我能将自我完善。然而，除非我变成一个上面住着理智生物的星球，完善自我又谈何容易？

这不正是地球上所有人的期望吗？

一粒珍珠是痛苦围绕一粒沙子营造而成的圣殿。

那么营造我们躯体的是哪种渴望？那受围绕的又是何种沙粒呢？

当上帝把我这块小石子丢进这奇特的湖里时，我在湖面上泛起无数的涟漪，扰乱了湖的宁静。

然而，当我沉入湖底，便也变得像湖一般宁静了。

给我沉默，我要向夜的深沉冲击。

14　　　　当我的躯体和我的灵魂相爱并结婚时，我便得以再生。

15　　　　我一生中曾认识过一个听觉灵敏的人，但他是哑巴，因为战争使他失去了舌头。

今天我知道，在伟大的沉默降临给他之前，他所参加过的那次战争是怎么回事。所以我为他的死亡而高兴。

因为，这世界尽管很大，却不能同时容下我们俩。

在埃及的土地上，我静静地躺了很久，竟忘却了季节。

是太阳将我生养。于是，我起身行走在尼罗河岸，与白昼一同欢唱，与黑夜一同梦幻。

如今，太阳却用千万只脚把我践踏，想使我再次在埃及的土地上躺下。

然而，这却是一个奇迹，也是一则不解之谜。

那把我聚集成一体的太阳不能再把我打散。

于是，我依然挺立着，并用稳健的步伐行走在尼罗河两岸。

17   记忆是一种相会。

18 遗忘是一种自由。

我们凭太阳的无数运动来计时，他们以口袋里小小的机器来计时。

请你告诉我，我们怎能在同一时间、同一地点相聚在一起呢？

从银河之窗往下看，那天空就不是地球与太阳之间的天空了。

人性是一条光河，它从永恒的山谷流来，一直流向永恒的大海。

22　居住于以太的精灵，难道他们就不羡慕世人的痛苦吗？

23　在通向圣殿的路上，我碰到了另一名朝圣者，我便问他："这条路真能通向圣城吗？"

他答道："你跟着我，再过一天一夜就到圣城了。"

于是，我不假思索地跟上他。我们走了几个白天又几个夜晚竟还未到圣城。

当我发现他让我误入歧途，却还迁怒于我时，我感到惊愕极了。

24　上帝啊，在兔子成为我的食物之前，就使我成为狮子的猎物吧！

25　除非通过黑夜之径，人们不能抵达黎明。

26　我的寓所对我说：

"你可不要舍我而去，因为你的过去就住在我这里。"

道路对我说：

"快跟我来，我就是你的将来。"

我对寓所和道路说：

"我没有过去，也没有将来。

"如果我住下了，在我的住中就有去。如果我去了，在我的去中就有驻留。

"因为只有爱和死才能改变一切。"

27　我怎么能对生命的公正失去信心，要知道，人睡在羽绒上所做的梦，并不比睡在泥地上所做的梦更加美妙。

在痛苦里面存在着我的享乐，可我竟那样奇怪，会对这痛苦抱怨不止。

我曾七次鄙视自己灵魂：

第一次，是在我发现它为了升华而故作谦虚时。

第二次，是在我看见它竟在真诚者面前狂舞时。

第三次，是在让它选择难易，而它选了易的时候。

第四次，是在它做了错事，却以别人也做错事来自我安慰时。

第五次，是在它容忍软弱，却把自己的忍受称为坚强时。

第六次，是在它讥笑一张丑陋的脸，而它竟不知这正是它许多面具中的一副面具的时候。

第七次，是在它唱着一首颂歌，并认为唱颂歌就是一种美德的时候。

30　　　我不懂得抽象的真理，

但是，面对我的无知，我是谦虚的，

而我的自豪、我的酬报就蕴藏在这中间。

31   人的理想和成就之间有一段距离，只有靠他的热情才能跨越。

32   天堂就在那边，在那扇门的后面，在隔壁房里，可是我却把门的钥匙弄丢了。

      也许没丢，只是将它放错了地方。

33   你是盲人，我是聋哑人，那么就将你的手置于我的手上，以使我们相互了解。

34 人的价值不在于他所取得的成就，而在于他对所求之物的向往。

35 我们中一些人像墨水，另一些人像白纸。
要不是有些人是黑的话，那白的就成了哑巴。
要不是有些人是白的话，那黑的也就成了瞎子。

36 给我一只耳朵，我将给你声音。

37   理性是一块海绵，

心是一条小河。

可是，我们中的很多人情愿吮吸而不愿奔流，

这不令人惊讶吗？

38   当你向往着那不知名的祝福，
并莫名其妙地痛苦的时候，
你便真正与一切生物同长，
并升向你的大我。

39   当一个人沉醉于某一意念时，即使这意念的表达极不清晰，也会被他认为是一樽美酒。

40   你们喝酒是为了求醉，我喝酒是为了摆脱另一种酒醉，以求得清醒。

41   当我的酒杯空了时，我情愿让它空着。但是，当它半满时，我却恨它的半满。

42 　　人的实质不在于他的表露，而在于他所不能表露
出的那一部分。
　　因此，你想了解他，就不要去听他说出些什么，
而要去听他没有说出的话语。

43 　　我所说的一半是没有意义的，但是，我把它说出
来正是为了完善另一半的含意。

44 　　当你懂得抓住机会时，你便懂得了幽默。

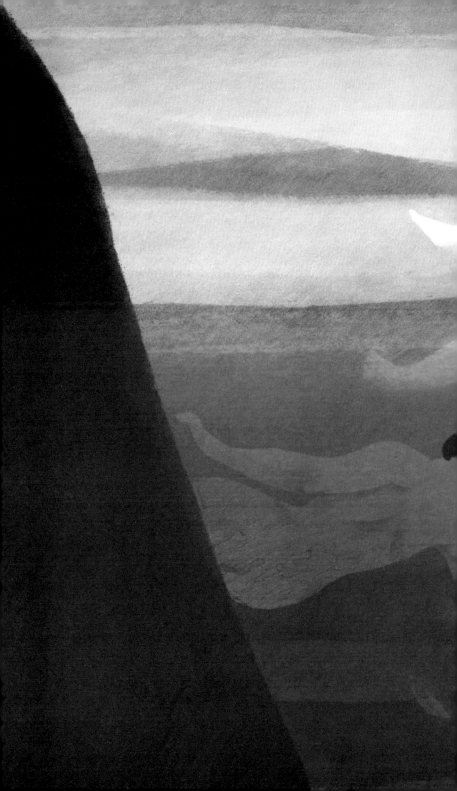

45   当人们赞扬我的多言、责备我的沉默时，

我 的 孤 独 便 产 生 了 。

46   生命如果找不到一名歌唱家为它唱出心曲的话，那么它就会生出一名哲学家，来为它表述心思。

47   对真理你应该是永远知晓的，但只在一些时候去讲述它。

48   我们中，真实的我是沉默的，后天的我是唠叨的。

49   我的生命之声不能到达你的生命之耳，但是，为了不使我们感到孤单和寂寞，还是让我们交谈吧。

50   两个女人交谈时，实际上她们什么都没说。

       一个女人自言自语时，她便道出了生命的一切。

51   也许，青蛙的声音比牛的声音响。

       但是，青蛙不能在田里拉犁耕地，也不能拉磨，你也不能用它的皮来制鞋。

52   只有哑巴才妒忌唠叨的人。

53   如果冬天说：“春天在我心里。”谁会相信冬天呢？

54   每一粒种子中都蕴藏着一种渴望。

55　　　睁开你的眼睛好好看一看，你便会从一切形象中看
见你自己的形象。

　　　竖起你的耳朵仔细听一听，你便会从一切声音中听
见你自己的声音。

56　　　真理需要两个人：

　　　一人用来讲述它，一人用来理解它。

57　　　尽管言语的波浪时常将我们淹没，但是我们的深处
却永远是沉默的。

58   许多学说犹如窗户的玻璃，透过它可以窥探真理，但它也把我们同真理分开。

59   快让我们一起来玩捉迷藏吧。如果你藏在我心里，我就不难将你找寻。但是，如果你藏入自己的壳里，那么就不会有人找到你了。

60   一个女人可以用微笑蒙住自己的脸。

61   能同欢乐的心一起唱出欢快之歌的忧伤之心，它是多么崇高呵！

62   想理解女人、研究天才，或想揭晓沉默之谜的人，与那从美梦中醒来就想坐上餐桌的人是何等相像呵！

63   我情愿与行人一起行走，而绝不愿驻足观望路人从身边走过。

64　　为你效过力的人，你是欠了他的，所欠他的比金子更昂贵。

　　对他，你只有以诚相待，或也为他效力。

65　　我们没有白活，他们不是用我们的骨头营造了许多高塔吗？

66　　要多一点研究，但不必太讲究。

　　诗人的思绪和蝎子的尾巴，其尊贵都归功于同一块土地。

　　　　每一条龙都会生出一个屠龙的圣·乔治*来。

---

* 圣·乔治：屠龙是一个古老的传说，据十三世纪雅各·德·佛拉金《黄金传说》记载：一日，乔治从巴勒斯坦来到利比亚省的一座城市瑟琳斯，这座城市附近的湖中住着一条令人恐惧的龙。它经常在城墙外徘徊，并毒死每一位靠近他的人。为了安抚巨龙，镇上的居民每天都会供奉两只羊，可最终羊群所剩无几。人们开始献祭一只羊和一个年轻人。没有家庭幸免于此，即使是国王也一样。最终，献祭的命运落在国王唯一的女儿身上。国王试图用金银财宝来贿赂他的子民，甚至让出了自己半个王国，但人们拒绝了。当公主准备赴死并走向恶龙的湖面时，乔治碰巧经过这里。他看到公主的眼泪，并得知缘由，提出要提供自己的帮助。但公主不想连累他。当两人正在讨论时，恶龙从湖面升起。乔治见状，骑马冲向了它。他向上帝祷告，没有丝毫犹豫地用长矛击中恶龙。然后他让公主把她的腰带拴在恶龙的脖子上。于是恶龙如温顺的狗一样跟着公主回到城里。

68　　　　树木就是大地书写于天空的诗句。

我们砍树造纸，以使我们记录下我们的虚空和笨拙。

69　　　　如果你发现你有写作的欲望——只有圣人才知晓这欲望的奥秘，你就必须拥有知识、艺术和魔术：字句的乐感知识，朴质无华的艺术和热爱读者的魔术。

70　　　　他们把笔蘸着我们的心血，佯称已获得了灵感。

71   倘若树木能记录下自己的经历，它的记录就会如同
一个民族的历史。

72   倘若让我在"作诗的能力"和"迷恋于诗的未被
写成"之间选择，我是会选那迷恋的，因为迷恋比诗
更好。

然而你和我所有的邻居，都认为我这是在犯傻，说
我总是选择无益的东西。

73　　　诗不是文字可以表达的意见，而是由流血的伤口，或由微笑的嘴唇涌出，并不断升华的一首歌曲。

74　　　言语是不受时间限制的，当你说它或写它的时候，最好能注意到它的这一特点。

75   诗人是被废黜的君王，他端坐在王宫的废墟上，试图用灰烬再捏出一个形象。

76   诗是许多欢乐、许多痛苦、许多惊愕和少量词汇的交织体。

77   一个诗人要想寻觅其心灵之歌的母亲，那是徒劳的。

　　一次，我对诗人说：

　　"只有在你死后，我们才能理解你的价值。"

　　诗人答道：

　　"是的，死亡从来就是真理的揭露者。如果你们真想通过死亡来了解我的价值，那只是因为我的心比我的舌头更富有，我的愿望比我已经得到的更多。"

　　当你吟唱美时，即便你身处荒漠，也会有听众。

80　　　　诗是迷醉心灵的智慧。

　　　　智慧是唱出人思想的诗。

　　　　倘若我们能迷醉人的心灵，同时又能唱出他的思
想，那么他真可被认为是在神的庇荫下生活了。

81   灵感总是在不停地歌唱，

灵感从来就不被解释。

82   我们常常为了让自己入睡而给孩子唱催眠曲。

83　　我们所有的言语都是从思想的筵席上散落下来的
残屑。

84　　思维是通往诗歌之路上的障碍。

85　　只有唱出我们沉默之歌的，才是伟大的歌唱家。

86　　如果你的嘴里塞满了食物，你怎能歌唱？
如果你手上捏满了黄金，你又怎能举起祝福之手？

87   他们说，夜莺唱恋歌时将刺扎进自己的胸膛。
       我们也都和它一样，否则，我们怎能歌唱？

88   天才是晚春开始时鸟儿所唱的歌声。

89   即便那长着双翼的灵魂也无法摆脱凡俗之需。

90   疯人和你，也和我一样都是音乐家。只是他的乐器
       奏不出和谐的乐调。

91   母亲心中无声的歌曲，由她孩子的双唇唱出来。

92   世上没有不能实现的愿望。

93   我和另外一个自我从来就没有一致过。我似乎感到有一种奥秘横亘在我们之间。

94   你的另一个自我总是为了你而难过，它在痛苦之中生长，因此这痛苦将化为快乐。

95　　　除非在那些灵魂熟睡、而躯体却不顺从的人的思维中，灵魂与躯体是不会厮杀的。

96　　　当你到达生命之中心时，你便会发现美存在于一切事物之中，甚至存在于看不见美的眼睛之中。

97　　　美就是我们一生寻觅的东西，除此之外的一切仅是各种等待的形式。

98　　　播下一粒种子，让大地为你绽放一朵鲜花；

　　　　大天上寻找你的一个梦想，天将赐你一个心爱的人。

99 　　在你生下的那天，魔鬼就死了。

　　因此，在你去见天使时，也无须再跨越地狱之门了。

100 　　借到男人心的女人真多！

　　可是，占有男人心的女人真少！

101 　　在你想占有什么的时候，千万不要说这是为了自己。

102 　　当一个男人用手抚摸女人的手时，就意味着他俩已摸到了永存之心。

103 　　爱情是相爱者之间的面纱。

104 　　每一个男人都爱着两个女人：一个存在于他的想象中，另一个还未生下来。

105   一个男人如果不能原谅女人小小的过失，

就不可能欣赏到女人伟大的德性。

106　不能随日月更新的爱情，
终将变成一种习惯性模式，
而且很快成为一种奴役。

107　　相爱的人仅仅拥抱了他们俩之间的一种东西，并没有相互拥抱。

108　　爱恋和猜疑不能同在。

109　　爱是由光明铸成的字眼，它被光明之手书写于光明的纸页上。

110　友谊永远是一种甜蜜的责任，而不是自私者的机会。

111　如果你没能在各种情形下了解你的朋友，那么你就永远也不会了解他。

112　你最美的衣裳已在你的另一个自我的机杼上织就；

你最佳的美餐是在你的另一个自我的餐桌上吃的；

你最舒适的床在你的另一个自我的房间里。

那么，请你告诉我，你能将你自己与你的另一个自我分开吗？

113　　　你的思想和我的心灵不会相吻合，除非你的思想不再居留于数字，我的心灵不再驻足在雾霭中。

114　　　除非我们将语言浓缩成七个字，否则我们永远不会相识。

115　　　我们的心灵之门，要是不将它砸碎，又怎能将它启封？

116　　只有巨大的悲痛和极度的欢乐才能展示你的真实。

　　倘若你要披露你真正的自我，要么赤裸着在太阳底下舞蹈，要么背起你的十字架。

117　　如果大自然聆听了我们知足的说教，江河便不再流入大海，冬天也不会变成春天。

　　如果大自然听从我们吝啬的劝说，那么我们中又有多少人能呼吸到空气呢？

118　　当你把背朝向太阳的时候，你只看到自己的影子。

119 在白昼的太阳面前，你是自由的。

在黑夜的月亮与星星面前，你也是自由的。

在没有太阳，没有月亮，也没有星星的时候，你
也是自由的。

甚至在你面对万物紧闭双眼时，你也是自由的。

但是，你是你所爱的人的奴仆，因为你爱他。

你也是爱你的人的奴仆，因为他爱你。

120   我们都是伫立于神殿门口的乞讨者，我们每一个人都从那进出神殿的国王手中得到他赐予的恩赏。

　　　但是，我们都相互妒忌，以此来表示我们对国王的蔑视。

121   你不能吃得超过你的所需。你所吃的一半是属于他人的。而且，你还应留下一点面包给突然造访的客人享用。

122   家如无客则成坟墓。

123　　好客的狼对可怜的羊羔说："你不想光临寒舍吗？"

　　羊羔说："如果贵舍不在你的胃中，我一定视造访贵舍为最大的荣幸。"

124　　我将客人拦在门口，对他说："我以你的主发誓，你进门时不必擦脚，留待出门时再擦吧。"

125　　慷慨并不是你把我比你更需要的东西赐予我，而是你把你比我更需要的东西也给了我。

当你施与的时候，你是仁慈的。但是，你别忘了，在你施与的时候不要把脸朝向受施者，免得看见那受施者的羞赧。

最富者与赤贫者之间的差别只在于一整天的饥饿和一小时的干渴。

我们时常向明天借贷，以支付昨日的欠账。

129　　多少次天使和魔鬼来造访我，而我都从中解脱了。

　　在天使来的时候，我念一段陈旧的祷文，他便厌烦了，离我而去。

　　在魔鬼来的时候，我再犯一次旧的过错，他也就从我身边擦身而过。

130　　无论怎么说，这并不是一座劣等监狱，可是，我不喜欢这堵将我与另一房间隔开的墙。

　　但是，我要强调，我无意去亲近狱吏和那造狱者。

131　　你向他求鱼，他却给你蛇的人，也许他们除了蛇确无他物可给，因此，他们的这一行为可视为是慷慨的。

132   行骗有时确能得手，但是，它最终将走向自焚。

133   如果你饶恕了那并没致人流血的杀手，并没偷盗的窃贼，以及并没撒谎的伪君子，那么你确实是一个宽宏大度的人。

134   能将手指放在善恶分野之处的人，确能触摸到上帝圣衣的穗饰。

135　　如果你的心是一座火山，
　　　　那么你又怎能指望在你的手上开出鲜花？

136　　有时，我很想有人来向我行骗，这样，我便可以
　　　嘲笑那些以为不知道自己是个正在被欺骗的人了，这
　　　不有点怪吗？

137　　对一个扮演着被追赶的追赶者，我又能说他什么呢？

138   你把你的衣服给了那个用你衣服擦他脏手的人吧，因为他也许还需要它，而你确不再需要了。

139   真可惜呀，兑钱币的为什么就不能成为一名园丁？

140 　　以你的主发誓，你不要用后天的德行来遮盖你先天的缺陷，我对自身那小小的缺陷有着偏好，因为它是属于我自己的。

141 　　有好几次，我将并不是我犯的过错都归到自己身上，为的是不让自己在与有罪之人同坐时，显得比他们更加高尚。

142 　　生命的面具本身就是那比生命更深奥更秘密的面具。

143　你能以对你自我的了解去判断他人。

那么，你是否能对我说，在我们中间谁是罪人谁是无辜的？

144　真正公平的人就是感到应该分担你一半罪过的人。

145　破坏人类法律的只有两种人，那就是白痴和天才。这两种人离上帝的心最近。

146　　　　　被 追 逐 的 时 候 ，

脚 下 才 会 生 风 。

147　　主啊，我没有仇人，

如果一定要让我有仇人的话，就让我的仇人与我一样富有力量。

以便让真理成为唯一的胜者。

148　　在你和你的敌人都死了之后，你与他就完全友好了。

149　　人在很多情况下都会为自卫而自杀。

从前，有一个人非常爱大家，大家也非常爱他，因此他被人们钉上了十字架。

告诉你，也许你会感到惊愕，昨天，我曾三次见到了他。

第一次见到他时，他正哀求警察不要将一个妓女投入大牢；

第二次见到他时，他正与一名醉汉在酗酒；

第三次见到他时，他正与一个想使教堂变为散布舆论场所的人拳斗。

151　　如果他们所说的一切善恶都是真的话，那么我的一生都是在犯罪。

152　　怜悯只是半个公正。

153　　只有那个我曾亏待了他兄弟的人，才会亏待我。

154　　看见一个人正在被带进监狱时，你在心中默默地说：也许他是从更小更差的监狱里逃出来的。

　　看见一个醉汉的时候，你在心里默默地说：谁知道这人是否真醉，也许他为了摆脱比醉更糟的事。

155　　好几次，自卫使我憎恨，但是，倘若我真是一个坚强的人，我就不会去使用这种方法。

156　　用掠过双唇的微笑去遮掩憎恨目光的人，是多么愚蠢啊！

157　　只有在我之下的人才会妒忌我、憎恨我。

　　可是，至今我并没被人妒忌、被人憎恨，可见我不在他人之上。

　　只有在我之上的人才会赞扬我、轻视我。

　　可是，至今我并没被人赞扬、被人轻视，可见我并不在他人之下。

158　　你对我说，你不了解我。你的这一说法对我来说就是一种过分的赞扬，对你来说就是一种过分的侮辱。

159　　生命给了我金子，而我只给你银子，即便如此，我还自以为慷慨，我这是多么卑贱啊！

160   当你深入生命心中的时候，你便会发现自己不比罪犯高尚，也不比先知低下。

161   奇怪的是，你竟可怜那慢脚步的人，而不可怜那慢思维的人；可怜那盲眼的人，却不可怜那盲心的人。

162   瘸子不在他仇人头上敲断他的拐杖，这是绝顶聪明的。

163　　　那个想用他袋中之物换取你心中之物的人是多么傻呀！

164　　　生命是一支庞大的队伍，慢行者认为它走得太快，便离开了它；疾步者认为它走得太慢，也离开了它。

165　　　如果说罪孽是必须存在的话，那么，我们中的一些人正倒行着效仿我们祖先的罪孽。

　　　而另一部分人正紧盯着前方，为了将我们的儿子严加管教。

166 与被世人看作坏人的人在一起的人，才是真正的好人。

167 我们都是囚徒，但是，我们中的一些人是关在有窗的牢房里，而另一些人则被关在无窗的牢房里。

168 奇怪的是，我们为自己的错误辩护时所施的力量，远比我们为捍卫正确时所施的力量大。

169 　　倘若我们彼此承认自己的过错，那么，我们都将为我们缺乏创新而相互嘲笑。

　　倘若我们彼此相互展现自己的美德，那么，我们也将为我们没有创新而大笑。

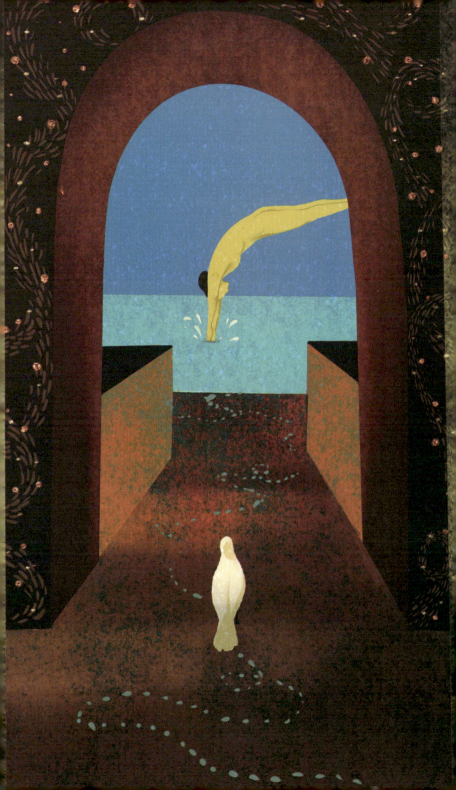

170   一个人将一直凌驾于人类的法律之上，直到他犯下与人类的法律相抵触的罪孽。

此后，他就不再在他人之上，也不在他人之下了。

171   政府就是你我之间达成的一种协议，而你和我常常身处谬误。

172   罪恶是需要的一个别名，或者是疾病的一种表现。

还有比意识到他人的错误更大的错误吗？

如果有人嘲笑你，你可以怜悯他。

　　但是，如果你嘲笑他，那么就绝不能饶恕你自己。

　　如果有人欺侮你，你可以忘记他对你的伤害。

　　但是，如果你伤害了他人，那么就永远不要忘记你的这一行为。

　　因此，你要相信，别人就是你最敏感的自我，只不过依附于他人躯体上罢了。

175　　　你想让别人借你的翅膀飞翔，而你却连一根羽毛都不给他，你是多么愚蠢啊！

176　　　一个男人坐在我的餐桌上，吃着我的面包，喝着我的酒，临走时还嘲笑我。

　　　以后，他又来问我要面包和酒，我没答应他的要求。这时，天使嘲笑了我。

177　　　憎恨是一具僵死的躯体，你们中有谁愿意成为坟墓呢？

178　　被杀者的光荣就因为他不是凶手。

179　　人道的最强音是无声的人道之心，而不是唠叨不休的思维。

180　　他们认为我是疯子，因为我不愿用自己的时光去换取金钱。

　　　我认为他们是疯子，因为他们以为我的时光是待价而沽的。

181   他们在我面前展现他们的金银财宝，我们却向他
们展现心扉和灵魂。

　　尽管如此，在他们看来他们是主人，

　　而我们则是客人。

182　　　我愿意成为世上有梦、并想实现自己梦幻的

　　最渺小者，却不愿成为无梦、无愿望的最伟大者。

183 　　　　最值得可怜的人是想把梦想变成金银的人。

我们都在攀登心愿的高峰。如果在你身旁的攀登者偷走了你的粮袋和钱袋，使他的粮袋变满了，钱袋变沉了，那么，你要对他宽容一点，要同情他。

因为，粮袋变满了会给攀登增加困难，而沉重的口袋又将使他的路程变得更长。

瘦身的你，在看见他正因负担太重而步履艰难时，应毫不迟疑地去帮助他，因为这样会加快你自己的速度。

185   你不能超越你的认识去判断一个人，而你的认识又是多么肤浅呀！

186   我不爱听侵略者对被征服者的说教。

187 真正的自由人，

是以毅力和感激之情背起奴隶的负担的人。

188　　　　一千年以前，我的一个邻人对我说，他厌恶生命，因为生命中只有痛苦。

　　　　昨天，我经过一座坟墓，我看见生命正在他的坟上舞蹈。

189   自然界中的争斗，就是无序对有序的渴望。

190   孤独是吹落我们生命之树上枯枝的无声风暴。
        但是，它却能使我们活生生的根更深地扎入活生
生的大地和活生生的心里。

191   我对溪流叙述大海，溪流认为我是一个爱夸张的
理想主义者。
        我对大海描述溪流，大海认为我是在讽刺中伤。

192 视蚂蚁的勤奋高于蚂蚱的歌唱的人，其生活该有多么的狭窄！

193 这世界上最高的美德，在另一个世界中或许是最低的。

194 深可以下到最深，高可以升至最高，而在圆周中运行的却只有广阔。

195 　　要不是我们有自己的度、量、衡，那么面对萤火虫极微的光亮，也会像面对太阳一般感到敬畏。

196 　　缺乏想象力的学者犹如手持钝刀和旧秤的屠夫。
　　但是，我们不可能全部成为素食主义者，那么我们又该怎么办呢？

197 　　如果你对饥饿者唱歌，那么他是用他的空腹来聆听的。

198　死亡与老人的距离并不比死亡与婴儿的距离更近，生命也和死亡一样。

199　如果你想成为一名诚实的人，那么你就该诚实得地道一点。要不，你就别吱声，因为在我们的邻居中有一个人已濒临死亡。

200　谁知道人间的葬礼是否会成为天使间的婚礼呢？

201　　被遗忘的真理可能死去，而在其遗嘱里的七千条真理却可能被用于为它出殡、建造坟墓。

202　　我们讲话仅仅是为了与我们的自我进行对白，可是，我们时常将自己的声音提得太高，使得他人也能听见。

203　　显而易见的东西是：在被人以最简单的方式表达出来之前，是无人见到的。

204　　　假如银河不在我的内心深处，我又怎么能够看见它或认识它呢？

205　　　如果我没有成为医生中的一员，那么他们就不会相信我是一个占星家。

206　　　珍珠只不过是大海对贝壳下的定义，钻石只不过是时间给煤炭下的定义。

207　　　功名是伫立于光明之上的爱的影子。

208　　　花茎是唾弃功名的花朵。

209　　　没有美就没有宗教，也没有科学。

210　　　我所认识的伟人中，无一不在其支起伟大宫殿的
基石中存有些许渺小的东西，而正是这些渺小的东西
阻止了伟人们的懒惰、疯狂和自杀。

211　　　真正的伟人是不压制人也不被压制的人。

212　　　人类只遵循所谓的"中庸为上"，因此，我们便可
见到他们将罪犯和先知一起杀戮。

213   容忍者是患了相思狂妄症的病人。

214　虫子会弯曲，可大象也会折腰屈身，这不是很奇怪吗？

215　　　　　　未能达到一致，也许它正是两种思想之间的捷径。

216　　　我是一盆烈火，我也是一根枯枝，一部分的我吞食了另一部分的我。

　　　那么，你是否已经转过脸去，以便不让我的烟尘遮挡住你的视线呢？

217　　　我们全都在向那圣山的顶峰攀登，那么，如果我们将过去视作地图，而不视为向导的话，那路程是否可以更短一些呢？

218　　　当智慧骄傲到不再哭泣，狂妄到不再欢笑，自满到不愿注视他人时，它就不再是智慧了。

219　　如果我用你所知道的一切来填满自己，那么，对那些你所不知道的东西，我又能将它搁置何处呢？

220　　我从多话者那儿学到了沉默，从固执己见者那儿学会了宽容，又从残忍者那儿学会了仁慈。奇怪的是，尽管如此，我并不承认这些老师们的恩情。

221　　对宗教固执己见者是一个极聋的演说家。

222　　　妒忌的沉默是极度的吵闹。

223　　　当你达到你所知晓的终点时，你便已处在你应该
领悟的起点。

224　　　夸张是你难以驾驭它脾性的真理。

225　　　如果你只看见光所显示的，只听见声音所宣告的，那么你实际上并没有看也没有听。

226　　　真理是不可肢解的。

227　　　你不能在同一时刻又笑又冷酷。

228　　　　离我心最近者是没有王国的国王和不会乞讨的穷人。

229　　　　　羞赧的失败比骄傲的成功更好。

　　在大地的任何角落，你只要挖掘便能发现宝藏，但是，你必须以农夫的信念去挖掘。

　　二十名骑着马的猎人带着二十条猎狗追逐着一只狐狸。那狐狸说：他们肯定会把我杀死。但是，他们也真够笨、真够傻的。我想，即便我们狐狸也不会傻到以二十只狐狸骑着二十头驴带着二十只狼去追打一个人的地步。

232　是人的思想，而不是人的精神屈从于由人制定的法律。

233　我是一个旅行家，同时也是一个航海家，每天清晨我都在自己的心灵中发现一个新大陆。

234　一个女人说："这战争怎么不是圣战呢？我儿子就是在这场战争中献身的。"

235   有一次，我对生命说："我想听听死亡说话。"

于是，生命提高嗓门，对我说："现在你可以听到它的声音了。"

236   当你解开了生命的全部奥秘时，你便渴望死亡，因
为死亡本身就是生命的又一个秘密。

237   生和死是勇敢的最高表现。

238   朋友，对于生命，你我永远是陌生者。
我俩彼此也都是陌生的，而且对自己也是陌生的。
直至你说话我听话的那一天，我以为你的声音就是
我的声音。
当我站在你面前时，就似站在一面镜子前。

239   他们对我说："如果你了解你自己，你就可了解所有的人。"

我对他们说："只有当我了解了所有的人，我才了解我自己。"

240   一个人有两个我，一个在黑暗中醒着，一个在光明中睡着。

241   真正的隐士是抛弃了分子世界，享受着不可肢解的完整世界的人。

学者和诗人之间有着一条绿野，如学者能逾越这绿野，他就能成为大智；如诗人也能逾越，他便可成为先知。

昨天晚上，我看见哲学家们将自己的头颅置放在篮子里，提着篮子在城市的广场上穿行，并大声叫唤着："智慧，卖智慧啰！"

可怜的哲学家！他们竟出售自己的头颅来喂饱自己的心！

244　　一个哲学家对一个扫大街的说：“我很同情你，因为你的这份活又脏又累。”

　　扫大街的回答说：“先生，谢谢你。请你告诉我，你是干什么的？”

　　哲学家自豪地答道：“我专门研究人的道德、脾性，还研究人的行为和欲望。”

　　扫地的一面扫街一面笑着对哲学家说：“真可怜，真可怜呀！”

245　　聆听真理的人并不一定比讲述真理的人更低下。

131

246   没人能在必需与不需之间划一条明确的界线，因为只有天使才能这样做，天使是绝顶聪明的。

或许天使就是我们在太空中最崇高的思想。

247   能在苦行僧心中找到王位的才是真正的君王。

248   超越自身能力的施与是慷慨，索取少于自己所需的是自尊。

249　　　实际上你并不欠任何人的任何债。但是，你却欠
所有人的所有债。

250　　　所有以前活着的人，今天都和我们生活在一起。
我们中还有谁不愿成为一名好客的主人呢？

251　　　多愿望者长寿。

252　　他们对我说：一鸟在手胜过十鸟在树。

　　而我则对他们说：一鸟在树胜过十鸟在手。

253　　世界上只有两个元素，那就是美和真。美存在于爱者心中，真存在于耕耘者的手臂里。

254　　伟大的美俘虏了我，但是，更伟大的美却把我从它的手中释放了。

255　　美在向往它的人心里比在看到它的人眼里更加光彩夺目。

256　　我钦佩那向我倾诉胸怀的人，同样我也崇尚向我披露梦境的人。但是，面对服侍我的人，我又为何如此腼腆，甚至羞愧呢？

257　　过去，天才以能侍奉国王为荣。
　　今天，他们佯称以侍奉穷人为荣。

天使们知道，有许多过于讲实际的人，他们就着多梦幻想家的汗水吃自己的面包。

风趣往往是一副面具，你如果能把它扯下来，你就会发现一个羞怒的才智，或是一个狡诈的机灵。

聪明人将聪明归功于我，愚笨者也将愚笨归罪于我。在我看来他俩都没错。

261　　只有那些心里充满奥秘的人，才能理解我们心中的秘密。

262　　只能与你同甘、不愿和你共苦的人，将失去天堂七扇大门中的一把钥匙。

263　　是的，涅槃是存在的，它引导你的羊群来到翠绿的牧场；它抱起你的孩子放在床上让他安睡；它为你写上最后一行诗句。

264   早在体验欢乐和悲哀之前，我们就已选择了我们的欢乐和我们的悲哀。

265   忧愁是横亘在两座花园之间的高墙。

266   当你的悲哀或者欢乐变大时，世界在你眼中就变小了。

267   愿望是半个生命，而冷漠则是半个死亡。

268   今天最痛苦的悲哀就是对昨天欢乐的回忆。

269   他们对我说："你必须在今生的欢乐和来世的安宁中作出选择。"

      我对他们说："我选定了今世的欢乐和来世的安宁两者。因为，我心里明白，最伟大的诗人只写过一首诗，而这首诗的格律、韵脚是最完整、最优美的。"

270 　　　　　信仰是心灵的绿洲，思想的骆驼队永远不能抵达。

271 　　当你抵达了你的高度时，你就变得仅为向往而向往，仅为饥饿而饥饿，仅为更大的干渴而干渴。

272 　　当你向风泄露了你的秘密，那么你就不要责怪风向大树透露这一秘密。

273 　　春天的花朵是早晨供奉在天使餐桌上的冬天的梦。

274   乌龟比兔子更富有道路经验。

275   奇怪的是，生活在硬壳里的没有脊骨的生物，比脊椎动物更安全。

276   饶舌者最笨，演说家和拍卖师绝不能相提并论。

277   你要感谢，因为你并不一定要仰仗你父亲的
名望和叔伯的钱财来生活。

但是你更应该感谢的是，

没有人靠着你的名望或你的钱财来生活。

278 当变戏法的人没接住球的时候，我才被他吸引。

279   嫉妒者在不经意中赞扬了我。

280   你是你母亲沉睡中的一个漫长的梦，当她醒来时，
        便产下了你。

281   人类的胚芽存在于你母亲的愿望之中。

282 　　我的父母希望有个孩子，他们便生下了我，我想
使自己有父亲和母亲，便生下了大海和黑夜。

283 　　有的儿女让我们的人生完满，有的儿女却只留给我
们遗憾。

284 　　夜来临时，你若像夜一样阴郁忧悒，那么你就带
着阴郁躺下吧。
　　早晨来临时，你若依然阴郁不欢，那么你就站起
身，以你的意志对白昼说：我依然阴郁。
　　在黑夜和白昼间转换角色是愚蠢的。
　　它们都会嘲讽你。

285   雾中的山不是丘，雨中的橡树也不是垂柳。

286   有这样的论断：深和高之间的距离比中间与高、或中间与深之间的距离更短。

287   当我像一面明亮的镜子伫立在你面前时，你注视着我，便看见了你自己的形象。

然后你对我说："我爱你。"

但是，实际上你爱的是在我之中的你自己。

288　　当你以爱邻为乐时，你的爱中就不再有美德了。

289　　不能每天涌溢的爱每天都在死去。

290　　你不能同时拥有青春、又理解青春。

　　因为青春常常因忙于生活而忘记了理解；而理解则忙于寻找自我而忘记了生活。

291 　　你从你寓所的窗洞望着行人，或许你会看见一个修女正朝着你的右边走来，一个妓女正朝着你的左边走来。

　　在你纯洁无瑕的心中，你对自己说："这个女人多么高尚，那个女人多么低贱！"

　　但是，倘若你闭上眼静静地去聆听，不一会儿你定能听到一个声音在太空中回荡，并通过你的舌头说："这个在祈祷中寻求我，那个在痛苦中寻求我，在各自的灵魂里，都有为供奉我的灵魂而支起的荫篷。"

292　　　每隔一百年，基督耶稣便和拿撒勒[*]的耶稣在黎巴嫩山中的花园里相会，并作长谈。每次基督耶稣在离去时总要对拿撒勒耶稣说："我的朋友，我担心我们俩永远永远也不可能一致了。"

---

* 拿撒勒：《圣经》中耶稣的故乡，据说位于历史上加利利的南部，现今以色列的北部。

293   让主去喂饱那些贪食者吧。

294   一个伟大的人有两颗心：一颗心承受痛苦，另一颗心则在沉思。

295   一个人如果说了一句既不伤害你也不伤害除了你以外任何他人的谎话，那么你为何不在心里说：他聚集事实的屋宇不够放置他的幻想，为此他要离开这一屋宇去寻找更广阔的空间。

296 　在每扇紧闭的门后，都有用七道封条封着的秘密。

297 　等待是时间的蹄子。

298 　如果那困惑是你家东墙上新开启的窗户，这对你来说又何妨呢？

299　　　也许你已忘记了与你同笑的人，但是，你绝不会忘记与你同哭的人。

300　　　毫无疑问，在盐里面肯定有一种奇特神圣的力量，它存在于我们眼泪里，也存在于大海中。

301　　　我们的神在他被祝福的干渴中，会将我们——露珠和泪珠——全部饮尽。

302　　你只是你巨大自我的一粒碎屑，一张寻觅面包的嘴，一只为干渴的嘴举起水杯的盲目的手。

303　　如果你能从对你的种族、国家或你自身的偏爱上略抬起一腕尺，那么你就真的如同你的主一般了。

304　　假若我处在你的位置，我绝不会在退潮时去抱怨大海。

305   船完好无损，船主精明能干，然而，你的胃却有所
不适。

306   我们所向往的却又不能得到的东西，远比我们已
经得到的东西更可爱。

307   倘若你高坐于云端，就不能看见国与国之间的分
界，也看不见田地之间的界石。
       但遗憾的是，你不能高踞云端。

　　七个世纪以前有七只白鸽，从深谷中飞向被白雪覆盖的山顶。七条汉子看着白鸽飞翔，其中一人说："我看到第七只鸽子的翅膀上有一个黑点。"

　　今天，这山谷里的人们谈起此事时，就说：在很久以前，有七只黑鸽飞向白雪覆盖的山顶。

　　秋天，我收集起所有的烦恼将其深埋于我的花园。

　　四月又到，春天又同大地结婚，我的花园里开满了无数与众不同的极美鲜花。

　　邻里们都来我的花园赏花，他们对我说："秋天来时，就该播种了，你是否可以将花的种子分一些给我们，使我们的花园里也有这些花？"

310 　　我伸出空手向众人乞讨，无一人愿意施与，这
是苦恼的；
　　但是，倘若我伸出一只满握财富的手，却无人问
津，这才是绝望呢！

311 　　我渴望永恒，因为我将在永恒中聚集起我还未写
出的诗篇和尚未画就的图画。

312 　　艺术是自然向永恒迈进的步伐。

313   艺术品是云雾铸成的形象。

314   将荆棘织成王冠的双手，远比闲着的双手更强。

315   我们最神圣的眼泪，绝不会寻求我们的眼睛。

316 每一个人，都是这一世界上过去的每一君王和每一
奴隶的子嗣。

317 倘若耶稣的祖先知道在他之中隐藏着的东西的话，
他难道就不会对自己肃然起敬吗？

318 犹大的母亲对他儿子的爱比马利亚对耶稣的爱会
更少吗？

319　　　我们的兄长耶稣还有三桩奇迹没在圣书上记载：其一是他同你我一样，是凡人；其二是他机智、幽默；其三是他知道他虽然被征服，却是一个征服者。

320　　　被钉在十字架上的人呵，你是钉在我的心上，那刺透你双手的铁钉也刺透了我的心房。

　　　明天，当远方来客路经各各他*时，他绝不会认为曾有两个人在这里流血，而只认为那血是从你一个人身上流出来的。

---

* 各各他：即髑髅地，耶稣被钉死在十字架上的地方。见《圣经·马太福音》第 27 章。

321   你也许听说过那座福佑山，它是世界上第一高山。

倘若你攀上它的顶峰，你就只有一个愿望，

那就是往下，到最深的山谷，与那里的人一起生活。

因此，那山就被称为福佑山。

322 　　每一种被我用语言禁锢着的思想，我应通过行为来释放它。

大地の神

The Earth Gods

大北之神

The Earth Gods

第十二夜*来临之时，

大海的夜潮在寂静中吞没了所有的山岭。

大地所生的三尊神——生命的主宰出现在群山

之中。

于是，江河在他们脚下奔腾，

烟雾在他们的胸际缭绕，

他们高昂着头，庄严地伫立于世界之上。

然后，他们开始说话，

他们的声音如远处的雷霆在原野上久久回荡。

---

*第十二夜：指圣诞节后的第十二天（1月6日）主显节之夜。

175

神
之
一

风从东方吹来，

于是，我将脸朝南边转过去，

因为，那风使我闻到了僵尸的臭气。

神
之
二

这是躯体燃烧的气味，
它不仅美味而且慷慨，
我要将它嗅吸。

这是死尸在它微弱的火上燃烧发出的气味，

它弥漫在空气之中，

犹如地狱散发出的污秽臭气，令人窒息。

因此，我将脸朝那没有气味的北方转去。

神之一

那是结出硕果之生命的芳香，

我不仅现在，而且一直都想将它嗅吸。

神就是靠献祭、牺牲为生，

靠血解渴，

以年轻的生命换取心的安宁。

发自那与死亡之心共处的灵魂的永久叹息，使

神的意志越发坚强，

而神的宝座正高筑于先人的灰烬之上。

我的灵魂对现存的一切已经厌倦，

我再也不会为再造世界，

或为消除世界而伸出我的双手。

倘若我能去死，我绝不为生而存在，

因为那世道的重负全都担在我肩上。

那大海永不停息的咆哮正在耗尽我睡眠的宝藏。

呵，但愿我能摆脱那最初的旨意，

像西下的夕阳一般销声匿迹。

我渴望我的神性不具目的，

以便我把我死亡的气息吹向苍穹，

这样我就不再存在，

呵，但愿我被燃烧，并走出时间的回忆，

重归时间的虚空。

神
之
一

我的两位兄弟，请听我说，两位古老的兄弟。

在那谷地有一位小伙，

对着长夜唱出了他的胸臆，

他的琴由金子和乌木制成，

他的声音如同金银。

神
之
三

我并不狂傲到如此地步，向往着自己不存在，

我所选择的只是那最艰难的路程。

我要追踪四季的变迁，折断岁月的针刺，

我要播撒种子，看着它伸向大地深处。

我将花唤醒，给它注以力量，让它拥抱生命，

然后，当狂风在林间大笑时，我又将花摘下，

以便让人从永久的黑暗中奋起。

然而，我却让他的根依然恋着大地。

我要在人的心中播下对生命的渴望，

让死亡高举起他的杯盏。

我要赐他以爱情，这爱情伴着痛苦生长，

随后向往升华，因思恋而愈发热烈，

随着第一次拥抱而消散。

我要用白天崇高的梦幻使他的夜晚有序不紊，

又将神圣之夜的梦境注入他的白昼，

然后，让日夜近似，一成不变。

使他的幻想像一只山鹰，

使他的思想像大海的风暴，

接着，我再赐他缓慢的决断之手，

沉重的沉思之脚，

我要给他带来欢快，让他在我面前高歌，

给他带来忧愁，让他向我们求救。

在大地因饥饿而叫嚷着乞讨食物时，

我使他成为一个卑微者，

让他的灵魂升至苍穹，

以便他能将我们的未来品尝。

我要将他的躯体沾满污泥，

以便他不将昨日遗忘。

就这样，我们驾驭着人，直到时间的终极，

掌控着他那随他母亲的喊叫而开始、

又在他儿孙的哭号声中结束的呼吸。

神
之
一

但是，我不愿去吞饮那弱小另类劣质的鲜血。
因为那杯盏是肮脏的，
那杯中的浆汁也在我口中变得苦涩。

我如同你一样，曾揉着软泥，捏成许多能呼吸
的形象。
瞬间，它们纷纷从我指间离去，涌向灌木丛和
远处的山岭。

我如同你一样，曾把原始生命所处的最深处照亮，
　　并目睹那生命蠕动着从洞穴爬向高大的岩石。
　　我如同你一样，给春天带来翠绿，带来姣美，
　　让春天迷惑青春，使青春生衍、壮大。

　　我如同你一样，曾带着人类从一个圣地走向另
一个圣地，
　　在他们对我们一无所知的境况下，将他们不显
露的无声恐惧，化成对我们不安的信仰。

187

我如同你一样，让暴风掠过他们的头顶，
使他们在我们面前弯腰躬身；
于是，大地在他们脚下颤抖，
他们冲着我们大声呼叫求援。

我如同你一样，在汹涌的海洋中掀起波涛，让它
淹没小岛上栖息的屋宇，直到人们在求援声中死去。

这就是我所做的一切，甚至远不止这些。
但是，我所做的一切都是虚空，尽属无益。
醒着无益，睡了也虚空。
我再三强调：一切的梦尽是无益加虚空！

神
之
三

我的两位兄弟呀，

在溢满芳香的丛林，

有一位姑娘正迎着月亮舞蹈，

在她的秀发上有枚晨露织成的星星，

围着她双足的是千万只翅膀。

我们播种了人类，我们的葡萄蔓。

迎着晨曦，在紫色的雾霭中，我们在田间耕耘，

我们目睹着细枝成长，

成年累月，不分季节，我们给嫩叶以营养。

为使蓓蕾不受有害物的侵袭，

我们将它护卫，我们保护着花儿免遭恶魔伤害。

如今，葡萄蔓上已挂满了葡萄，

你们不要用它去酿酒，以灌满你们的杯盏。

谁的手比你们的手更加能干，能将硕果采摘？

哪种渴望比你们的渴求更加高尚，能将醇醪

期盼？

神之二

人类只是神的美餐，

人的气息无目的地彷徨，

人的光荣就始于神的神圣双唇吮吸这一气息的
那一刻，

人的一切，如果始终不脱人的俗气，它们将毫无
价值。

孩童的纯洁，年轻人的甜蜜情感，

　　壮年人的执着追求，老人的智慧，

　　君王的荣耀，战士的凯旋，

　　诗人的激情，圣贤的高贵，

　　所有这些，及包含的一切，只不过是神的美餐
一碟。

　　甚至它们还未必是福佑的美餐，

　　如果神不将它们提至嘴边。

　　如同无声的麦粒，

　　只有在被夜莺吞下去时才变成一支爱的赞歌。

　　如此，人也只有在成为神的美餐时，

　　才能品尝到神的神性！

是的，人是神的美餐！

人所拥有的一切都将被送上神的永恒餐桌！

怀孕的痛苦，生育的艰难，

婴儿划破夜空的哭喊，

为向枯萎生命倾注乳汁而彻夜不眠的母亲的忧伤，

那发自小伙子肺腑断断续续的炽热气息，因压抑的情感而淌下的沉重泪水，

为开垦贫瘠土地，男人们沁出汗水的前额，

当生命无视生命的意志发出召唤时，垂暮老人面对坟墓发出的悲叹。

瞧，这就是人！

饥饿造就的人，终将变成饥饿之神的食物。

他似泥土中的一根藤，在永恒的死神脚下蠕动，

他似一朵鲜花，在被邪恶笼罩着的夜晚开放，

他似葡萄，只在含泪的岁月，恐惧、耻辱的时
日成熟。

尽管如此，你们却依然让我去吃去喝，

希望我端坐于被裹尸布蒙住的面孔中间，

让我从岩石般坚硬的嘴唇中汲取我的生命，

从干枯的手中迎接我的永恒。

我的两位兄弟呀，两位制造恐怖的兄弟。

一个青年在峡谷深处高歌，

他的歌声一直升腾到高高的山顶，

他的声音震撼了森林，划破了天际，

也驱散了大地的梦境。

神之三

蜜蜂总在你耳边粗鲁地嗡嗡作响，

蜂蜜在你嘴里变得苦涩。

我想对你表示安慰，

可是，对我来说这又谈何容易？

神祇们交谈时，只有大气在聆听，

因为神祇间的鸿沟无边无际，无法丈量，

太空寂静，就连风也已停息。

尽管如此，我还想给你些许宽慰，

我要将你布满乌云的天际变得清澈如镜。

尽管我和你在能力与判断方面完全一样，

但是，我依然要向你进言。

当大地在太空生成，我们——最初的子嗣——在无瑕之光的昭示下彼此相见。这时，那使大气和水拥有活力的颤抖着的冥冥之声使我们袅袅升腾。

接着，我们并肩行走在这既年迈而又年轻的世界上。从我们缓慢脚步的回声中，时间产出了第四位神。于是，他踩着我们的脚印，用他的幻想遮挡住我们的思维和渴望，只有通过我们眼睛的光芒他才被看见。

然后，生命来到了大地上，灵魂来到了生命中。灵魂在存在中曾是带翅的乐曲。我们在生命与灵魂中作出评判。因为除了我们，无人知晓年代的准尺和漫漫岁月中星云之梦的分量。直至第七时代[*]来临，我们在大海午潮之时，让大海成为太阳的新娘。

在这神圣的婚床上，我们造就了人，他虽然孱弱憔悴，却印刻着父母的特征。

---

[*] 第七时代：即《圣经》中所论述的"七个时期"之一，也称"回复时代"或"国度时代"。

通过人行走大地、仰望星空，我们找到了通向大地最远处的道路；用人这根长在昏暗池塘中的卑微芦苇，我们制作一支笛，并将声音注入它的空腔，在无声世界的每一角落将它吹响。从没有太阳的北国，到骄阳似火的南方沙漠；从岁月诞生的莲花之乡，到岁月被宰的恐怖之岛——

你会看到胆小如鼠的人，仗着我们的意志，

手持着琴和剑在斗胆冒险。

他传播我们的意志，宣扬我们的权力。

他爱的双足淌过的小溪，是流向我们愿望之海的条条江河。

我们——端坐于高处，在人的沉睡中做着美梦。

我们驱赶着人的岁月，让它远离夕照的山谷，到山冈上寻觅它的完善。

是我们的双手将席卷世界的风暴执掌，

那风暴让人从无为的安宁中觉醒，走向果实累累的奋斗，乃至胜利。

在我们的眼中藏着智慧之光，它将人的灵魂变
成火焰，

把人引向崇高的孤独、叛逆的预言，

乃至被钉在十字架上。

人为膜拜而生，

膜拜中蕴藏着他的荣耀和回报。

通过人，我们寻找属于我们的标志，

通过人的生命，我们寻求我们自身的完善。

倘若大地的尘土使人心变哑，那么还有哪颗心能
重复我们的回声？

倘若夜的黑暗使人眼变瞎，

那么还有谁能目睹我们的荣光？

人是我们心灵的长子，是我们的形象，是我们的
殷鉴，那么我们又该为他做些什么？

神之王

我的两位兄弟呀，两位万能的兄弟，
那美貌舞女的双脚已被如酒的歌曲迷醉，
正现出盎然生机，
更似白鸽展翅翱翔天际。

神
之
一

百灵鸟在相互啼鸣，

雄鹰在它们之上盘旋高飞，

百灵鸟不会驻足聆听心曲，

你欲宣告，自爱将凭借人的膜拜而臻至完美，

凭借人的奴性而达到满足。

但是，我的自爱却不可丈量、无边无际。

我要从我在大地上死去的那一部分中升华，

并将自己的宝座建在云天之上。

我将用展开的双臂将太空、将苍穹紧紧搂抱，

我将视银河为弓，

视彗星为箭，

以无穷来控制无穷。

而你却不会这样去做，纵然这对你来说并非不可企及。

因为，如同人生之于人，

神也出自神。

你想给我劳累的心带来，

对朦胧中的往事的回忆，

而此时，我的灵魂正在群山中寻觅自我，

我的双眼正在如镜的水面追逐自己的身影。

我昔日的新娘已在分娩时死去，

唯有静寂独留在她的子宫里，

是风扬起的沙尘在吮吸她的双乳。

呵，死去的往日，

呵，我被羁绊着的神性的生身父母，

是哪一伟大之神在你高高飞翔时，将你捉缚，

并逼你在牢笼里生产？

是哪一伟大的太阳在你的心上注以热量，使你

产下了我？

我不会祝福你，但也不会诅咒你。

如同你使我双肩担起生命的重负，

我也让人肩挑重担。

然而，我并不像你那般残忍。

永恒的我让人成为稍纵即逝的影子，

而你——死去的你却造就了我的永恒。

呵，死去的往日，

你是否还能随遥远的明日复归?

我便将你带上审判的场地。

你是否还能随生命的曙光第二次来临而苏醒?

以便我从大地上抹去与你相关联的那些回忆。

我期盼着你与以往所有的死者一道站起，

以便大地饮下它自身的苦果而窒息，

使大海因溢满祭品的鲜血而散发出腐朽的臭气，

使更多的灾难无益地耗尽大地的膏腴。

我的两位兄弟，两位神圣的兄弟。

我们的姑娘已听到了那醉人的歌曲，

她正在将歌手寻觅。

她兴奋时，就像林中的羚羊，

欢跳在小溪边的岩石上，

不停地朝四处观望。

呵，伴随着渴望难以兑现的欢欣是何等的美呀！

还有那为初露端倪的愿望微睁的双眼！

呵，那因享尽了被许诺的欢欣而颤抖的微笑是
何等的美呀！

从天堂坠落的是朵什么样的花，

从地狱喷射的是团什么样的火，

它使宁静的心如此欣喜，又如此惴惴不安？

我们在高处做着什么样的梦，

我们赐给风的又是什么思想，

竟把幽谷唤醒，

把夜的双眼打开？

你已得到神圣的布机，

也得到制衣的技艺。

这布机和技艺将永远为你所拥有。

除此以外，你还有白线和黑线，

有紫线，有金线。

尽管如此，你却用你的灵魂织成衣裳，

你用生命的气和火织就了人的灵魂，

而你现在却要将线扯断，

并使你纤细的手指永远不为人所知。

神之二

是的，是的，我将我的双手伸向尚未成形的永恒。

我将我的脚踏上尚未被人踩踏的田地。

能聆听常被人吟唱的歌曲是我最大的欣喜，

——那歌声未等气息将其交付于风，灵敏的耳
朵就已捕捉到了它的旋律。

我的心向往着心所不能想象的东西，

我只将自己的灵魂送到记忆不会驻足逗留的世界。

以你的主发誓，不要用虚无的荣耀将我试探，

也不要用你的梦，或者我的梦对我进行安慰。

因为我的一切，大地上的一切，

所有将要存在的一切，都不能使我的灵魂痴迷。

呵，我的灵魂，

你的脸是沉默的，

夜的幽灵在你眼中酣睡，

然而，你的沉默令人生畏，

你使人胆战心惊。

神
之
三

我的两位兄弟，两位沉着镇静的兄弟。

姑娘已经发现了歌手，

她看着他那可爱的脸，

她像山豹，步履轻盈，

在葡萄藤与篱笆间蹒跚，

他唱着爱的赞歌正望着她。

呵，我的两位兄弟，两位粗心的兄弟。

是否还有另一尊神用他的痛苦织就了这红白相间的锦缎？

是哪颗刚愎自用的星辰释放了逃犯？

是谁神秘地将夜从白昼中分离？

是谁将手高举在我们的天地之上？

呵，灵魂，我的灵魂，

以它的烈焰将我圈围的燃烧着的光环，

我怎能将你的行迹导引，

将你的渴望引向哪个太空？

呵，我那没有伙伴的灵魂，

你在饥饿中捕捉自我，

你用泪水滋润着自己的干渴，

因为夜不会将露珠注入你的杯盏，

白昼也不会给你带来果实。

呵，我的灵魂，我的灵魂，

你使你满载着愿望的船驶入港湾。

可是，哪儿又会吹来鼓起你船帆的风？

哪儿又有启动你舵桨的潮水？

船已起锚，你的双翅正准备飞翔。

但是，天空在你头上依然缄默无言，

宁静的大海嘲讽着你的沉默。

还有什么希望属于你，属于我？

在这世界上还有什么变革，抑或在这天空中还有什么变化将会对你发出召唤？

那"无穷贞女"的子宫是否已将"救主"的精血怀上？

那"救主"远比你的梦更加能干，

他的手将把你从你的奴性中拯救出来。

快停止你喧嚣的叫嚷，

憋住你激情的迸发，

因为无穷的耳朵是聋的，太空的眼睛正闭着。

我们是隐匿在世界背后的一切，我们是世界之上的所有。

在我们与无限的永恒之间，除了我们尚未具形的欲望和尚未完善的目的以外，别无他物。

你追求不明之物，那不明之物深藏在飘动的雾霭之中，

正驻留在你灵魂深处。

是的，在你灵魂深处，你的"救主"正在酣睡，

在睡梦里它能看到你清醒的双眼看不到的东西，

这就是我们存在的秘密。

你难道愿意放弃你的收获，

以便匆匆地将种子撒入你梦中的田畴？

你为何要将自己的云雨撒向荒凉之地？

而你的羊群却把你四处找寻，

渴望能聚在一起，得到你的庇荫。

你要深思，更要把这一世界看看仔细，

看看你的爱孕育出的尚未断奶的孩子。

大地是你的居所，大地是你的王座，

在人的希望不可企及的高处，你的手将人的命运执掌，

你不愿将人丢弃，

他们正在奋斗，并带着他们的甘苦，向你努力靠近，

对他们眼中露出的需求，你不要视而不见。

神
之
一

晨曦是否将黑夜的心搂进了怀里？

或者大海会顾及海中的尸体？

犹如晨曦，我的灵魂已觉醒，

赤裸着，并不感到惶惑。

犹如永不停息的大海，

我心把大地和人类的沉渣抛弃。

依附我者，我绝不依附于他，

但是，那高我能力之上的赢家就是我的追求。

神
之
三

/

　　我的两位兄弟呀，你们看哪！

　　两个走向星辰的灵魂已在空中聚集，等待着末
日清算，

　　他俩相互默视着。

　　歌手中断了歌唱，

　　然而，被太阳点燃的歌喉却依然因歌曲而颤抖，

　　他的女伴已停止了舞步，

　　但是，她并没有入睡。

呵，我的两位兄弟，两位陌生的兄弟。

夜已更深，

月光更加透亮，

在森林与大海之间

爱在大声呼唤，

呼唤你俩，也呼唤我，投入它的胸膛。

神
之
二

呵、自然、苏醒、燃烧、生命、乃至像双
子星座观察我们那般观察众生的夜晚，所有这
一切在烈日面前显得何等荒唐无稽！

呵，高昂起戴着王冠的头、迎着四面来风，
靠平静的气息使人类的疾痛得以康复，这
又显得何等的微不足道！

帐篷的制作者坐在织机面前不知所措，

制陶工转动着滚轮心不在焉。

而我们则无须歇息，也无所不知，

我们已超脱于猜想和臆测。

我们不会束手无策，也不会细心研究，

因为我们已经升华，摆脱了所有令人忧虑的
问题。

让我们舒心地生活，让我们的梦幻自由飞翔。

让我们像江河，不受岩石的阻挡，向着大海
奔流，

直至汇入大海，

这时，我们便永远地告别了争论，不再为明天
的命运思虑。

是呵，该诅咒的这喋喋不休的痛苦预言，

还有将日光带到晚照，又将黑夜推向拂晓的漫

漫夜谈！

呵，该诅咒的海潮，

它给我们带来永久的回忆和永久的忘却，

呵，该诅咒的命运的种子，

它不断地被播撒，得到的却只是期盼，

呵，该诅咒的自我，

它毫无变化地从泥土中崛起，升向云雾，

又带着对泥土的眷恋重归泥土，

却又因渴望而重新将云雾找寻！

呵，该诅咒的、这不适合于永恒的丈量，

难道我的灵魂一定要变成翻腾不休的汪洋？

或者变成刮着风暴的天空？

假如我是人，假如我是双眼失明的行人，

那么，对这一切我都能容忍；

或者，假如我是一尊"高神"——存在于人、神的所有空间，

那么，我也一定满足于我的自我。

可是，你我都不是凡人，

也不是凌驾于我们之上的"高神"，

我们是不断隐现在天际的晚霞，

作为神的我们掌握着世界，也为世界所掌握。

我们注定要把号角吹响，

但是，吹号角的气息与号角的声响并不出自我们，而是来自我们之上。

因此，你看见，我想谋反，

耗尽我的全部，直到变成虚空一场，

想远离你的视野，

想从这缄默青年的记忆中消失，

这青年是我们最小的兄弟，他就坐在我们身旁，将那片谷地凝望。

尽管他的双唇还在颤动，却未发出声响。

呵，两位粗心的兄弟，我在讲话，

我要把真理讲述，

可是，你们俩除了听自己说话外，便不闻其他。

我请你看看你俩的光荣，也看看我的荣光。

可是，你俩却转过身去，闭紧双眼，又将宝座
摇晃。

呵，你们这两位欲将上界、下界执掌的统治者，

两尊昨日妒忌明日的自私神祇。

你们对自我的重荷已感到疲惫不堪，

便用言语将怒气宣泄，用闪电鞭击我们的天地。

你俩的争吵只不过像一架古琴发出的声响，

万能之神将双子星座当作琴，把昂宿星视作
铙钹，

他的手指却忘记了将琴弦弹拨。

现在，你俩怒不可遏地大声叫嚷，

他又将琴和铙钹弄响。

我恳求你俩听听他的歌唱，

看看这一男一女，

是一团火焰在另一团火焰之上，

陶醉、痴迷地开始融化。

是根吮吸大地的紫红乳房，

是花在上苍的胸膛上怒放。

我们就是紫红的乳房，

我们就是茫茫的上苍。

我们的灵魂就是生命的灵魂，也同是你俩和我
的灵魂。

夜居留于炽热的喉咙，

让圣洁的姑娘披上浪涛澎湃的衣裳。

你们的权杖不能改变为我们设计的这一景象。

你们的痛苦就是抱负，

因为所有这一切都将在男女的情爱中化为
乌有。

这男女的情爱又能算作什么？

请看，轻盈的东风如何起舞，

西风又如何将赞歌吟颂？

请看，我们神圣的目标正端坐在它的王位上，

一个灵魂正恭维地对着舞动的肉体歌唱！

我不会将视线转向大地的妄想，

　　我也不会去观望大地的儿子——他们正陷于被你称之为爱情的无尽痛苦之中。

　　什么是爱情？

　　爱情不就是一面带着假面具的鼓，引导着人们从美好的幻想走向缓慢的痛苦？

　　我不想去看这妄想，

　　那儿还有什么可看的呢？

　　不就是森林中的一对男女，那森林就是为了网罗他俩、教他俩忘记自身而存在？

　　那森林还教会他俩为尚未诞生的明天而将生灵繁衍。

认识带来的痛苦最可诅咒！

还有我们寻问过的这蒙住世界之脸的黑纱，和我们每时每刻都面临着的对人类耐心的挑战！

于是，我们在一块石头下放置一尊蜡像，

然后，我们说：它是用泥土塑成，

它在泥土中寻觅它的来世。

我们用双手捧起一团白色的烈焰，

然后在心中说：

这是我们自身的沉香，它将回归我们自己。

它是从我们这儿飘走的一缕清风，

随后，我们又在自己的手上、双唇上寻找着那渐渐浓烈的馨香。

呵，我的兄弟，大地之神，

我们纵然高踞云端，

通过人对人类黄金时刻的渴望，

我们仍将迎向大地。

我们的智慧是否要掠走人眼中的姣美？

或者让我们的标准去服从人的情感，让人的情感把我们变得麻木，抑或引导我们达到我们的情感水平？

当爱情聚集起它的全部力量，

你们的种种思想又将有何作为？

那被爱情俘虏的人呵，

爱情的车轮正碾过他们的肉体，从大海到高山，

又从高山到大海。

他们一直在害羞，却又庄严地拥抱在一起，

聚起爱情之花的所有花瓣，嗅着生命的神圣芳香。

灵魂的聚合使他们感受到生命的真谛，

在他们的眼睑上，绽露出对我们的崇高祈祷。

爱情是夜晚，它对着神圣的教堂庄严地躬身，

爱情是变成丛林的天空，

是变成无数萤火虫的群星。

事实上，我们就是所有世界之外、世界之上的所在，

但是，爱情更加遥远，远在我们难以寻迹的地方，

爱情远比我们的圣歌更加崇高。

你难道要寻求遥远的天际，

不再光顾你已给它播撒了你力量种子的这一星球？

太空中没有中心，除了在灵魂与灵魂婚配时，

美就是这一婚配的证人和祭司。

瞧，撒落在我们足下的美，

瞧，我们怎样去操住美，又让嘴唇感到着愧。

远在天涯的，就在咫尺。

哪儿有美，哪儿就有一切。

啊，兄弟呀，抱有幻想的崇高兄弟，

快从充满无穷苦难的大地回到我们中间，

让你的双脚从无时无地中得到解脱，

与我们一起居住于这安宁之中，

这安宁是你我亲手砌成的。

丢开使你心悸的外衣，

成为我们的伙伴，共同主宰这充满生机的绿色大地。

呵，永恒的祭坛，

今晚你是否真想让一尊神成为你的祭品？

那么，我便就是，我向你祭上我的爱情，我的
痛苦。

那儿，有一位跳舞的姑娘，她由我们古老的渴
望塑成；

那儿，有一位歌手，他对着风高唱我的赞歌。

在那舞步中，在那歌声里，

万能的神在我心中死去。

长驻人类心田的我心之神正呼唤着居住于太空
的我心之神。

那时常折磨着我的凡人之爱欲在呼唤神性，

我们自一开始就寻觅的美也在呼唤神性。

面对这呼唤，我曾以冷酷相待。

现在，我已表示顺从。

那美是通往自我的路，自我被自己的手所扼杀！

请你把你的琴弦拨响，

我准备走上这条路，

因为它通向新的曙光。

爱情胜利了！

爱情，无论是如纸洁白，还是如同湖畔般翠绿，

无论是庄严地高居于苍穹，还是在人群熙攘的
花园，

或是在人迹罕至的沙漠，

爱情总是我们的主、我们的师，

爱情不是肉体多余的情欲，

也不是欲望与心灵较量后残存的碎屑。

不，它不是面对灵魂操持起武器的肉体。

因为爱情不懂得叛逆，

可是它却游离了古老的命运之路，正走向神圣
的丛林。

它舞蹈着，对永恒之耳唱出心曲。

爱情是挣脱了枷锁的热血青年，

爱情是不受大地羁绊的刚愎汉子，

爱情是圣火陪伴的烈性女子，

她因有比我们更加璀璨的天空之光照耀而光彩照人。

爱情是灵魂深处的欢笑，

爱情是一次战役，它将使你觉醒。

爱情是大地的又一次曙光，

是你我从未见过的又一个白昼。

可是，爱情的确以它博大之心达到了神圣。

我的两位兄弟，我的两位兄弟，

新娘来自晨曦，

新郎来自夕照，

婚礼将在谷地举行，

这天之伟大，很难将所有之事都记下。

神之二

从第一个早晨让平原向丘陵和谷地迈进时起，

就是这样，

就这样，一直持续到最后一个夜晚。

我们的根已在谷地里长出了嫩枝，

我们是花，是那升腾到最高处的歌曲散发出的芬芳。

永恒与死亡原是一对孪生江河，不停地将大海呼唤。

每次呼唤，只有用耳才能分辨空间。

时间使我们更加相信我们的听觉，

时间使我们欲望倍添。

只有多疑者才会让死亡变得寂静无声，

而我们则早已超越了怀疑。

人是我们心灵的幼子，

人是缓慢地领悟神性的神。

在人的欢欣与痛苦中，我们酣睡着做起了我们的梦。

让那歌手吟唱吧，让那舞女起舞吧！

让我稍微安宁一些，

我的灵魂想在今晚得到休息。

睡意已向我袭来，

在梦中，我见到了比这世界更加光芒四射
的另一世界，

那儿的生灵比我们的生灵更加璀璨，它们
正轻轻地走进我的思想。

神之一

我埋在尘世里。

我要让灵魂摆脱时间与空间的束缚。

我要在人迹未到的田地记起。

那野友将与我一起翱翔。

我将在天空里放声歌唱。

人类的声音随着我的声音颤抖。

我们一起迎接远处的晚霞。

也许，我们将在另一世界的拂晓时分醒来。

然而，爱始终依然存在。

它的足迹永不会消亡。

神圣的怒火烈火熊熊。

迸出的每一朵火花都是一轮燃烧的太阳。

我们最好去找一个小小的角落，

枕着大地的神性入眠。

让写实之事留给别人，留给人的岁月的爱

纪伯伦创作年表

1904 年　21 岁　　在《侨民报》上发表散文诗

1905 年　22 岁　　发表艺术散文《音乐》

1906 年　23 岁　　出版短篇小说集《草原新娘》

1907 年　24 岁　　出版短篇小说集《叛逆的灵魂》

1911 年　28 岁　　出版中篇小说《折断的翅膀》

1914 年　31 岁　　出版散文集《泪与笑》

1918 年　35 岁　　出版第一部英语散文诗《疯人》

1919 年　36 岁　　发表长诗《行列》

1920 年　37 岁　　发表散文集《先驱》，出版散文集《暴风集》

1923 年　40 岁　　出版英语散文诗集《先知》

散文集《珍趣篇》

1926 年　43 岁　　出版《沙与沫》

1928 年　45 岁　　出版《人子耶稣》

1931 年　48 岁　　出版《大地之神》

遗著

1932 年　　《流浪者》出版

1933 年　　《先知花园》出版

译后记

　　在中国知晓度最高的阿拉伯文学作品应该是民间故事《一千零一夜》，其次就是黎巴嫩作家纪伯伦的《先知》了。

　　纪伯伦全名是纪伯伦·哈利勒·纪伯伦，于1883年生于黎巴嫩北部贝什里村，是基督教马龙派教徒。卒于1931年，终年48岁。

　　纪伯伦虽然在世仅48年，但从20岁开始发表作品，其28年的文学生涯为后人留下的阿拉伯语和英语作品达16部之多，除此之外，还有许多未被收入集子的随笔和大量书信。他最著名的散文诗作品《先知》已被译成50多种文字，成为世界上除莎士比亚的作品外最畅销的文学作品，他也因此成为第一位享誉西方世界的阿拉伯作家，甚至连美国前总统罗斯福对他都有过很高的评价，认为纪伯伦"是东方刮来的第一次风暴……你给我们西海岸带来了鲜花"。

纪伯伦不仅仅是一位杰出的文学大师，而且还是一位成功的多产画家，一生留下的大小画作达700余幅。早在文学创作之前，他已经开始习画，21岁时就已成功举办了个人画展，后赴巴黎，并落住艺术家聚集地蒙马特高地附近。19世纪末20世纪初的巴黎被认为是西方现代艺术的中心，而蒙马特高地正是这一中心的心脏，所有现代派艺术及其代表人物、领军艺术家都曾在这一高地上从事艺术创作。纪伯伦就是在这样充满艺术气息的环境中度过了两年，所受影响是不言而喻的，其中所受当时颇为流行的象征主义影响尤甚。纪伯伦的这次巴黎之行可以看成是其一生中最大拐点的起始。在巴黎的两年，纪伯伦不仅习画，接受诸如罗丹等艺术大师的指点，或许更为重要的是，纪伯伦还阅读了但丁、卢梭、伏尔泰、威廉·布莱克等文学名家的大量作品，同时他还对尼采的哲学思想欣赏有加，有学者认为，在纪伯伦很多散文作品中都可以看到尼采的影子。

　　1910年年底，纪伯伦回到美国波士顿，1912年起定居纽约。1920年，纪伯伦与其他几位旅美阿拉伯作家、诗人一起创办"笔会"，并出任会长。1932年，旅居南美的阿拉伯文学家成立"安达卢西亚社"，以这两个文学组织为核心形成了在阿拉伯近现代文学发展史上著名的旅美派文学（又称阿拉伯侨民文学）。而纪伯伦就是该流派当之无愧的旗手。

纪伯伦逝世后，遗体被运回黎巴嫩，并葬于家乡贝什里圣徒谢尔基斯修道院内，1975 年，该修道院改建成纪伯伦博物馆。在纪伯伦棺木的安放处，可以看到他的墓志铭："我和你一样活着，就站在你的身边，闭上你的眼，转过身，你就可以看到我在你的前面。"

正如纪伯伦的墓志铭所言，"我和你一样活着，就站在你的身边"，每当读到纪伯伦的作品，就可感到是他在你耳边私语；每当看到纪伯伦的画作，就可感到是他在和你眼神互动。

中外文史学界一致认为，纪伯伦的《先知》是他文笔最精彩、思想最深邃的作品，也是他散文诗创作的巅峰之作，它之于纪伯伦，有如《吉檀迦利》之于泰戈尔，正是《先知》使纪伯伦蜚声世界。

在《先知》之前，纪伯伦已经创作了《疯人》《先驱》《行列》《暴风集》等多部英语、阿拉伯语散文诗集。《先知》创作历时数年，倾注了纪伯伦几乎全部的心血，与其之前的英语作品相比，其在思想深度上明显成熟，似已完成了纪伯伦思想的宏大架构。《先知》篇幅不长，而涉及的主题却包括人生必然面对的几乎所有事和物。作者在《先知》中借哲人——艾勒穆斯塔法之口阐述了他本人对爱、婚姻、子女、饮食、居室、理智与情感、罪与罚、善与恶、自由、宗教、死亡等问题的看法。毫无疑问，《先知》是纪伯伦最为精彩的作品，是他对自身长年沉思的最终提炼，正如他自己所言，是他的"第二次降生"，而且是等了"千年"后的再生。

且看纪伯伦对爱的论述："爱除自身外，既无施与，也无索取。爱既不占有，也不被占有，因为爱仅以爱为满足。""满心欢喜地在黎明醒来，感谢充满爱的又一天来临。中午小憩，默念爱的柔情缱绻。傍晚，满怀感激之情回到家里。躺下睡觉，然后在心中为你所爱的人祈祷，赞美之歌则印上你的双唇。"显然，纪伯伦心目中的爱是无私的爱，更是人类之大爱；再看纪伯伦的享乐观："享乐是一首自由之歌，却不是自由。享乐是你们的愿望之花，却不是愿望之果。享乐是向高处呼唤的深，却不深，也不高。享乐是从笼中释放的翅，却不是自由翱翔的太空。是的，享乐确实只是一首自由之歌。"

从中不难看出，纪伯伦的享乐观是极其辩证的，享乐更多的是体现在追求享乐的过程中而并非享乐本身。宗教问题自古以来一直备受关注，尽管纪伯伦是一位基督徒，但是他在论述宗教的时候，却完全超越了不同宗教之间的差异、超越了东西方人种、肤色的不同，而是站在人类、人性划一的高度，如同神明一样地指出："你们的日常生活就是你们的神殿，就是你们的宗教。""倘若你们要认识上帝，你们就不要成为解谜的人。"

纵观纪伯伦的作品，他从来也没有否认过上帝的存在，更没有否认过宗教，只不过在他眼里，宗教无非就是人的一种向往和精神追求，他不希望学者们像"解谜"一样过度地去解读宗教，而更愿意让对信仰的追求融入日常生活，从而来规范自己的行为。在这一层面上，《先知》就如同用精美语言织就而成的经典诗篇。

纪伯伦在《先知》中如同神明一般对生活万象一一作出解读，从中可以触摸到他对人生的感悟和对人性的哲学思考。

《沙与沫》与《先知》在形式上不同，它是格言类的散文诗篇，共收入了300余条纪伯伦的经典格言，根据纪伯伦自己的说法，《沙与沫》可被视为《先知》的补充。纪伯伦在为他的《沙与沫》写的题记如是说："这本小小的集子就如同他的书名《沙与沫》，仅仅是一捧沙，一勺沫。……每一个男人和每一个女人的双翼都有着些许的沙和沫。但是，我们中有一些人愿意展现自己的拥有，而另一些人却羞于展现。而我则是不会赧颜的。……"

《沙与沫》是在《先知》发表后的第三年出版的，之所以说它是《先知》的补充，是因为在纪伯伦本人看来，《沙与沫》是他在创作《先知》后意犹未尽的再言，尽管不是成篇的文章，有的甚至只是一句话，但这才是纪伯伦最本真的思想，是瞬间闪烁的理性光芒，无一不含有深邃的哲理，而更为重要的是他愿意将自己的沉思、将自己的拥有毫无保留地奉献给所有人，让人分享他的思维过程和思维结晶。

《沙与沫》中的每一段表述有如字字珠玑，又似如金箴言，给人以启迪，读后不仅回味无穷，更能使心灵达到净化，使性情得到陶冶。如纪伯伦对友谊的定义："友谊永远是一种甜蜜的责任，而不是自私者的机会。"再如他在字里行间所流露出的人生观："我愿意成为世上有梦、并想实现自己梦想的最渺小者，却不愿成为无梦、无愿望的最伟大者。最可值得可怜的人，是想把梦想变成金银的人。"

　　一个杰出的作家是不应该被过度解读的，解读在某种程度上讲意味着标签化，尤其像纪伯伦这样的伟大作家更不该被标签化，纪伯伦的作品给人带来的思维想象空间不仅巨大而且多维，是再多的标签都无法穷尽的。

　　阅读纪伯伦或许很难如同阅读其他作家那样会给读者带来常人所说的愉悦和欢快，无论是"疯人"还是"先知"，他只会给人带来更多的启迪，让人在咀嚼、领悟溢满字里行间哲理的同时，分享作者的深沉，意会他的情愫。

　　阅读纪伯伦的作品，游走在纪伯伦那精美文字织就的虚幻且又实在的宏大空间，体验到的是另一种无可名状的快感享受。

译者 | 蔡伟良

上海外国语大学教授、博士生导师，
资深翻译家，享受国务院特殊津贴，
中国阿拉伯文学研究会原会长，上海
翻译家协会原理事。长期从事阿拉伯
文学、阿拉伯伊斯兰文化研究，出版
专著、译著十余部。代表译作纪伯伦
三部曲《泪与笑》《先知》《沙与沫》，
经久不衰，备受好评。

代表译著

《底比斯之战》
埃及作家、诺贝尔文学奖得主纳吉布中篇小说

《苦涩的爱》
叙利亚作家、阿拉伯小说王子萨莱姆·欧杰利中篇小说

《罗马喷泉咏叹》
黎巴嫩作家梅·齐亚黛散文选

《南风》
阿尔及利亚作家哈杜卡中篇小说

《中国之旅》
埃及作家班纳作品

策　划 ｜ 作家榜
出　品 ｜

出 品 人 ｜ 吴怀尧
总 编 辑 ｜ 周公度
产品经理 ｜ 李　谨
版式设计 ｜ 李柳燕
封面插图 ｜ 范　薇
封面设计 ｜ 王贝贝　徐言博
内文插图 ｜ 范　薇
产品监制 ｜ 陈　俊
特约印制 ｜ 朱　毓